___________ 님께

✉

사랑의 마음을 담아
이 편지를 드립니다

행복하세요.
사랑합니다.'

송암 전 해진 드림.

러브레터

사랑하라. 행복하라. 영원하라

러브레터

권태진 시선집

성빛

서
문

시인의 말

편지할 사랑의 대상이 있다는 것은

편지를 보내는 사람이나 받는 사람 모두 행복한 일입니다.

사십 여년의 목회의 기간 동안

진리 안에서 주고받은 사랑과 평안과 행복을

이 편지에 소복이 담아서 전할 수 있어

매우 영광스럽고 감사합니다.

전능자의 일반 은총 속에 담겨진 자연과의 관계와 조화 속에

어우러진 아름다움을 함께 보고 느끼며

생로병사의 길에 서 있어도

범사에 감사하고 기쁨이 넘치는 삶이

이 시집을 묵상하는 모든 이들에게 있을 것으로 믿어집니다.

사랑의 편지가 한 권의 책이 되어

사랑하는 분들에게 전해지기까지 수고한

출판위원들과 사랑하는 가족들,

군포제일교회 성도 여러분과 당회에 감사를 전합니다.

사랑합니다. 행복하세요!

2019년 10월 15일
송암 권 태 진 목사

차 례

Love Letter
#1

봄꽃, 피어나라

오늘 하루 • 012 / 조급하지 말라 • 014 / 웃어보아요 • 016 / 내가 일어나니 태양이 웃는다 • 017 / 사랑이 무엇이기에 • 018 / 오늘 내게는 당신을 만난 것이 • 020 / 해와 숲 • 022 / 희망 • 023 / 목련꽃 아래 • 026 / 꽃 피어나라 • 028 / 님의 체온 • 029 / 철쭉 • 030 / 부활의 꽃 • 031 / 강처럼 • 032 / 행복이 돋아나는 토양에서 • 036 / 오월의 상자 • 038 / 작은 거인 • 040 / 어버이 • 042 / 일어나요 • 043 / 참 스승 • 044 / 빛과 어둠 • 048 / 인지상정 • 050 / 건강한 마음 밭 • 052 / 나무들의 맹세 • 053 / 이슬방울 • 054 / 아침의 노래 • 056

Love Letter
#2

청춘, 화려한 열기 막을 수 없으니

한 송이 장미 • 060 / 어제의 오늘 • 061 / 내 사랑 나여 • 062 / 사랑의 정원 • 063 / 함께하는 이유 • 064 / 보이지 않는 사랑 • 066 / 필요를 느낍니다 • 068 / 행복한 고백 • 069 / 노병의 눈물 • 072 / 치료하는 바다 • 074 / 헤어짐의 시작 • 075 / 환한 빛 온몸으로 안았어요 • 076 / 꿈 • 077 / 구원자 • 078 / 함께 맑고 싶구나 • 080 / 춤추는 파도 • 084 / 무더위를 즐긴다 • 086 / 소나기 오던 날 • 087 / 산아 산아 청산아 • 088 / 빛 사랑 • 089 / 채우소서 • 090 / 바다에 비친 인생 • 092 / 화려한 여름 열기 막을 수 없으니 • 093 / 말 • 096 / 온 대지에 가득한 • 097

Love Letter
#3

기쁨, 매일의 날과 삶을 주신 뜻

오늘 한날도 선물로 받았다 • 100 / 알밤을 찾는 때 • 102 / 그 사랑 그 기쁨 감추지 못하여 • 104 / 처음 사랑 영원히 • 106 / 심는 대로 거두어라 • 107 / 가자 가자 • 108 / 사랑하나보다 • 112 / 삶의 언저리에 풀잎처럼 돋아나는 • 114 / 때가 있지 • 116 / 꿈을 가진 그대여 • 118 / 가을의 산 • 120 / 기쁨 밀려오니 • 124 / 진리의 안약 • 125 / 사랑의 편지 • 126 / 자유하다 • 128 / 불씨 하나 꺼내어 던져버리니 • 129 / 여보게 • 130 / 가을 깊어 겨울 다가올 때 • 131 / 무엇 감사할까요 • 134 / 뿌리 덮은 낙엽 되어 • 136 / 새롭게 하소서 • 138 / 복 받은 사람 • 139 / 억새풀의 몸짓 • 140 / 멈추지 말고 사랑하라 • 142

사랑, 내 사랑 담대하여라

겨울나무의 노래 • 146 / 평안을 함께 나누며 • 148 / 어디에 꽃 피었나요 • 149 / 난 겨울이 좋아 • 150 / 사랑이 필요한 계절 • 151 / 눈이 부시다 • 152 / 정 먹고 살던 때 • 153 / 사랑이 무엇인지 알았어요 • 156 / 물어보아요 • 158 / 고백 • 160 / 하늘을 날으라 • 161 / 자족하며 노래하노라 • 162 / 고목에 핀 새싹 • 166 / 새벽 바다 • 167 / 죽어가며 살아가며 • 168 / 관점 • 170 / 해가 일어나면 • 171 / 동녘에 힘차게 일어나는 • 172 / 저 별빛 사랑스럽다 • 173 / 기다림 • 176 / 새날을 기다리라 • 178 / 봄이 올 것이다 • 180 / 해빙의 그날 • 181 / 빛을 보고 • 182 / 시작 • 183 / 오늘의 은혜 • 184

사랑, 행복, 영원을 향한 러브레터

봄꽃, 피어나라

—

좋은 날입니다

이 글을 읽는 당신
따뜻한 봄날 평안한 마음
화사한 웃음꽃 피워
모두를 즐겁게 하겠지요

저 하늘 보아요

공중을 휘젓는 큰 무리의 새 보이나요
연약한 깃털, 날개에 모여
새의 몸체 하늘 높이 띄우니
그들도 같이 떠올라요

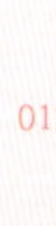

서로의 깃털이 되어요

상대를 높이면 함께 날 수 있어요
오늘 하루 누군가를 행복케 할 마음 먹고
바로 실천해보아요

온누리
당신 통해 행복해지도록
생명의 내음 되어요.

조급하지
말라

—

산악은 눈물 머금고
하늘 사랑의 메아리
새싹과 꽃 드리우고
잠자던 개구리 깨어나는 때

봄꽃처럼 조급하지 말라

잎 없이 피는 꽃 되어
준비 없이 화려함만 추구하는 그 누군가

예쁘고 화려한 사명 감당하고
열매 없이 단명하니
아쉽고도 아름답구나

이젠
새싹이 나무 되어
잎 피우고 꽃 피워
꽃 지면 열매 달리우는
황금들녘 주인 되도록

조급함 날리우고
연단의 세월 머금고

인내로
영원 행복의 꽃 피우라
사랑하는 너여!

웃어
보아요

—

한 송이의 꽃 필 때
벌 나비 찾아오듯
웃는 얼굴에 마음 머물러요
당신의 웃는 얼굴 환한 메아리
많은 사람 꽃길 가득
기쁨 품에 안아요

낙하산과 얼굴은
피어야 산다 했지요
천하보다 귀한 당신
오늘 하루 활짝 웃어보아요.

내가
일어나니
태양이
웃는다

—

태양이 일어나니 산악이 일어선다
잠자던 산악
태양과 함께 기지개 켠다

내가 일어나니 태양이 웃는다

태양은 내가 있음을 의미하고
내가 없으면 태양도 없는 것

모든 아름다움은
나의 존재로부터 출발
이 진기하고 신묘막측함
주님의 섭리임을 깨닫는 날
태양은 더욱 아름답다.

사랑이 무엇이기에

서로서로 사랑하라 하나요

혼자 하는 짝사랑
긴긴 밤 홀로 외로울까봐

서로서로 사랑하라 하나요

사랑하면
아름다운 얼굴 환한 미소
가슴에는 행복의 불이 반짝

마음에 설레설레 일어나는
둥근 여울에

고요한 모습으로
앉아있어요

사랑해요
그 아름다움.

오늘 내게는
당신을 만난 것이

복이요 꿈의 성취입니다

소중한 당신
행복을 함께하니

한 송이의 꽃 필 때 벌 나비 춤추듯
당신의 다정한 한마디
저 창공의 독수리 날갯짓되어
희망 힘차게 솟아올라요

소중한 당신
인류의 보배

개천 같은 현실에도
큰 용을 키우는 전능자 권세
그 안에
희망 품어보아요.

찬란한 해
동녘 하늘 저 산 넘어서
솟아오른다

푸르른 옷 입은 처녀들 가슴 열고
뜨거운 사랑 놓칠세라
품에 안는다
새 잎 쏙쏙 자라 키 키우고
뼛골의 진액 뽑아 자녀 키운다

아! 사랑 귀하다만
받는 자 없으면 어찌하리요

주님이 만든 자연 섭리
귀하고 아름답다.

희망

—

피어오르는 안개가
말끔히 걷혔습니다

칠흑 어둠을 밀어내며
동녘의 태양이 떠오릅니다

고통과 슬픔도
나의 곁을 떠나갔습니다

분노와 서운함도
다 떠나갔습니다

오늘 새날엔
피어나는 소망 따라
행복의 열매 맺힙니다.

한 송이의 꽃 필때
별 나비 찾아오듯
웃는 얼굴에 마음 머물러요
낙하산라 얼굴은
피어야 산다 했지요
천하보다 귀한 당신
오늘 하루 활짝 웃어보아요

목련꽃
아래

—

봄맞이 나온 하얀 목련

부활의 새날처럼
더욱 환하고

잎 없이 피어나는 조막손
구제의 손길처럼 아름다워라

한 그루의 나무
비바람 눈서리 이긴 후

말간 햇살 받아
싱글대는 얼굴빛
두 눈에 꽉 차오를 때면

서러움 잠재우고
기쁨에 부스스 잠 깨어
사랑을 노래한다.

밝은 빛 먹구름이 가리고
태극기 비에 젖어 우는데

형제여 당신은 무엇을 하나
자유와 민주주의 상처입고 신음한다

오래전 선조들 삼일절 만세 운동의 주역
유관순 성도처럼 일어나자 기도하자

전국 방방 곳곳 태극기 물결
하나님 보호하심 입어

흑암 권세 이겨내어
행복한 나라 건설해보자.

님의
체온

—

따뜻한 마음
온화한 얼굴
봄 다가온다

돌개천 가슴 흐르는 물
버들강아지
진달래
철쭉
꽃 피우고
아지랑이
보슬비 쏟아지니

계절의 신비 속에
주님의 체온 느낀다.

철쭉

빨간 철쭉
하얀 철쭉 암벽에 붙어
누가 몰라주어도 스스로 잘났구나

무더위 오기 전
색색 신비 토해내고
찌는 듯한 더위엔
내년 봄 준비하며 키를 키우리라

한때 한때 필요한 안식
순간을 잡아보니

사철의 조화 행복이 영그는구나.

부활의
꽃

—

골고다 사랑의 씨
나무 위에 심었나니
죄와 형벌 삼키우고
영원한 생명 피어났다

택한 백성 구원의 은혜
생명 내음
호흡 되는구나

독자의 순종
아비 맘 감동하여
구원의 선물
부활의 꽃으로
만개하는구나.

부활의
꽃

강처럼

산에는 진달래, 정원에 목련꽃

산천 푸르름 가득한
님의 계절 사월이에요

마른 땅에서 나온 연한 순처럼
나약한 모습

고난의 오솔길 지나
죽음의 터널 통과했어요

죄인이 당할 고통, 인간이 받을 형벌
보혈의 피로
십자가 위에서 대속했어요

강처럼

오! 주님

감사해요!
찬양해요!
사랑해요!

가슴의 돌문
성령님 열어주시니

님의 사랑 강처럼 흘러넘쳐요.

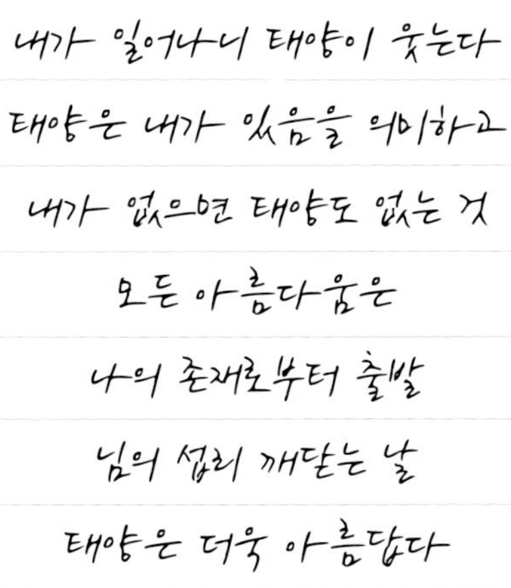
내가 일어나니 태양이 웃는다
태양은 내가 있음을 의미하고
내가 없으면 태양도 없는 것
모든 아름다움은
나의 존재로부터 출발
님의 섭리 깨닫는 날
태양은 더욱 아름답다

LOVE LETTER

믿음과 이해
배려와 보살핌으로

섭리에 순응하며
하늘의 뜻 따라 열심히 사는 사람들

봄 태양
푸른 빛 실어오면
굵은 땀방울 솟는 연단의 여름 오고

가을엔
열매 세어보며
시원한 바람 장단에 춤을 춘다

찬바람 불어오면
당당히 맞서기 위해
허리띠 졸라매는 지혜는

주님의 은혜

은쟁반에 금구슬 같은 당신아
행복이 자라는 토양에서
시련을 은혜로 여기며
살아가자꾸나.

오월의
상자

—

논에는 개구리
산에는 산새가
노래하는 오월이에요

오월의 상자에
아들, 딸 생각하는 구슬이 있어요
어버이 생각하는 구슬이 있어요
배움에 감사하는 구슬도 있어요

사람답게 사는 비결
배우는 즐거운 달이에요

이젠 무릎으로 걷고
섬김으로 높아질래요

가시밭의 백합화 되어
고통 가운데도 향기 발하여
나그네의 코를 벌렁이게 하겠어요

좋은 날 영원히 기억될 것이에요.

작아도 큰 거인
좁아도 넓은 가슴
연약해도 요새처럼
자녀의 맘에 안식됩니다

세월가면 더 생각나고
나이 들면 더 그리워지는 님

온 몸의 깊은 뿌리
어버이

빨간 카네이션 볼 때면
그리움 왈칵 눈물 쏟고
못다 한 효도 탄식하며

영원한 그 나라 주님의 품
함께 만날 날 기다리며
진리 오솔길
조용히 걸어갑니다.

어버이

하늘만큼 높고
땅만큼 넓은 사랑
강물처럼 흘려보내다

주름 주름 사랑 흔적
자녀들 필요 채워주고
요양원에 누워 계시네요

어린 자녀 얼싸 안고
수십 년간 기다린 빚
오늘에야 받으시네요

복된 가정
영혼의 보호 속
자자손손 행복 꽃 곱게 피어나요.

일어나요

멸종된 공룡보다
살아있는 토끼가 낫고
잠자는 장군보다
깨어있는 아이가
성을 지키는데 유익합니다

갈증으로 깨어있고
긍정으로 일어서며
열정으로 달려가요

인간의 한계를 뛰어넘는
꿈을 가져보아요
창조주 능력입어
지금 일어나요.

참
스승
—

칠흑 바다 등대처럼

지식
지혜
삶의 본
올올이 수놓은 님

고해 바다 감사의 노 저으며
행복의 돛 달게 했어요

스승의 그림자도 밟지 말라는 옛말
세파에 수몰되었으나
참사랑 섬김의 본
십자가 위에 피었어요

내가 곧
길이요 진리요 생명이니

쏟으신 사랑의 삶
우리의 영원한 스승이지요.

이젠 무릎으로 걷고

섬김으로 높아질래요

가시밭의 백합화 되어

고통 가운데도

향기 발하여

나그네의 길을

별롱이게 하겠어요

찬란한 태양 몸을 덥힐 때
밤의 적막과 추위를 이긴
긴 옷을 벗어 던진다

밝고 따뜻했던 태양
미련없이 서산 너머로 몸 숨긴다

어둠이 찾아온다
파고드는 한기에
삽시간 외로움과 고통의 시간

낮에 벗어버린
긴 옷 찾으나
어둠이 허락지 않는다

오! 친구여

좋을 때 절제하고
나쁠 때 인내하며
낮이면 밤을 대비하고
밤이면 낮을 기다리라

인내는 지혜자의 것이다.

꽃밭을 나는
벌과 나비
꿀 찾아 이곳저곳

꿀이 있는 곳 오래 머물고
꿀이 없는 곳 휭 지난다

꿀 다하면 어김없이 떠나는
벌과 나비

그 입과 발
꽃의 수정 돕는 선행
더불어 사는 지혜 있구나

인지상정

꿀 찾아 숲 맴도는
님의 형상 받은 너여

더불어 살아가는
벌, 나비의 지혜 배우려무나.

땅처럼
심은 대로 거두게 하는
공의로운 마음 밭

곡식처럼
사랑받는 대로 열매 맺는
은혜갚는 마음 밭

선한 농부처럼
심은 데서 요구하고
땀 흘린만큼 수확하는
건강한 마음 밭
주소서.

나무들의
맹세

바람의 장단에 함께 춤추다
나무들의 충성 맹세를 듣습니다

나는 꽃 피어
아름다움으로 충성할께요
나는 온몸 재목으로 봉사할께요
나는 열매로 모두를 행복하게 할께요
나는 산소 만들어 공기 맑게 할께요
나는 화목으로 약초로
산악의 신비 간직하게 할께요

산악에 돋은 나무들의 이야기를 듣고
나의 은사 무엇이며
어떤 존재로 살아갈지
점검하여 봅니다.

이슬방울

———

잔디밭을
조용히 걷는다

새벽이슬 신발에 묻어나고
싸아한 아침공기 코 끝에 묻어나니
상쾌함이 온몸 흐른다

어제 내린 빗물 머금고
파란 빛 더하는 잔디
동녘에 솟는 햇살
이슬에 닿으니
영롱한 다이아빛 황홀하구나

천국에나 있을 법한 물방울 다이아
사랑하는 이들에게 주고 싶어라

영원을 위해
함께 울고 웃는 이들의 얼굴
반짝이는 이슬방울에 아롱거린다.

아침의
노래

—

밤 사이 칭얼대는 바다 저 끝
붉은 태양 부스스 일어나
고요한 어촌 잠을 깨고
갈매기들 춤추며 아침을 맞는다

어둠 잠재우고 생명 일깨우는
태양의 능력

밤새 수고한 가로등
방 안을 밝히던 형광등
하룻밤 사명 마치고 조용히 쉼 얻는다

태양이 모두의 희망 품고 길을 밝히니
어둠 두려움 떨쳐내고

태양의 주인
나를 보내신 이유 생각하며
희망찬 하루를 맞이한다.

사랑, 행복, 영원을 향한 러브레터

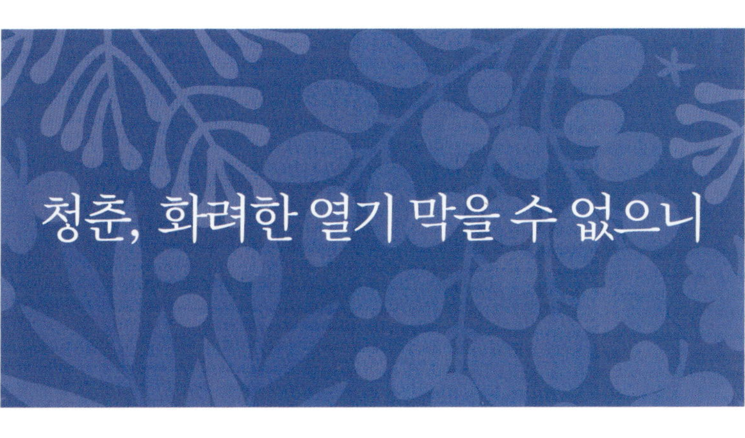
청춘, 화려한 열기 막을 수 없으니

너의 가슴에 피어나는
한 송이 장미가 보이는가

아침 안개 걷히고

염려와 걱정
어둠의 세력
빛에 밀려가는
뒷모습이 보이는가

이젠 평화가 오니
감사하며 행복을 노래하자.

어제의
오늘

한 걸음은
두 걸음의 시작

어제는
오늘의 발판

헌신은
행복의 밑거름

어제의 수고를
소중히 여기는
오늘의 지혜.

내
사랑
나여

—

너무 사랑해
가장 깊숙한 곳에 숨긴 나

던져진 오해의 말에도
마음 쓰지 않으려 합니다

내가 나를 사랑하지 않으면
누가 나를 사랑합니까?

내 사랑 나여
굳세고 담대하여라
나 보고 힘 얻는 이 있으리니

나를 사랑하면
남도 사랑할 수 있으니까.

사랑의
정원

—

한 자리 모인 가족
하늘만큼 큰 은혜

티 없는 어린이 눈망울
어버이 마음, 스승의 마음에
행복의 파도 퍼져
주름진 얼굴에 웃음꽃 핍니다

수고의 땀 흘린 곳
주름진 골 보람의 씨 심어
낙원으로 가는 오솔길

조건없이 주고 받는
사랑의 정원, 가정에
행복 꽃 만발합니다.

—

당신을
생각할 때마다 행복함은

내가 웃을 때도 울 때도
곁에 있기 때문입니다

당신을
목숨 걸고 따름은

미숙하고 시행착오 있어도
항상 동행하고 기다려주기 때문입니다

당신께
범사에 감사함은

어리석은 결정도
환경과 사람을 통해
막아 주시고
잘못을 깨우쳐주기 때문입니다.

보이지
않는
사랑

—

보이지 않는데
능력이 나타나
나뭇가지 춤추게 한다

보이는 것이 전부라면
정신도 사랑도 없다 하겠지

보이지 않는 사랑
가슴에 불 지필 때
온몸 행복에 휩싸인다

보이는 것 이상 소중한
보이지 않는 세계의 역사

믿음의 눈 열고 보니
환난 중 평안이요
외로움이 은혜구나.

필요를
느낍니다

바람
뿌리를 깊이 내려야 할
필요를 느끼게 합니다

홍수
기초를 반석 위에 놓아야 할
필요를 느끼게 합니다

환란
믿음을 가져야 될
필요를 느끼게 합니다

이제
행복의 바람이 불어옵니다.

행복한
고백

인공호수에
물이 썩지 않도록
폭포를 만들라

고인 물은 썩고
고기도 살 수 없는
모기의 서식처 되니

사람도 생각이 멈추면
마음이 고여 밥만 축낸다

환란과 고난은
마음이 고일까봐 주시는
고마운 선물.

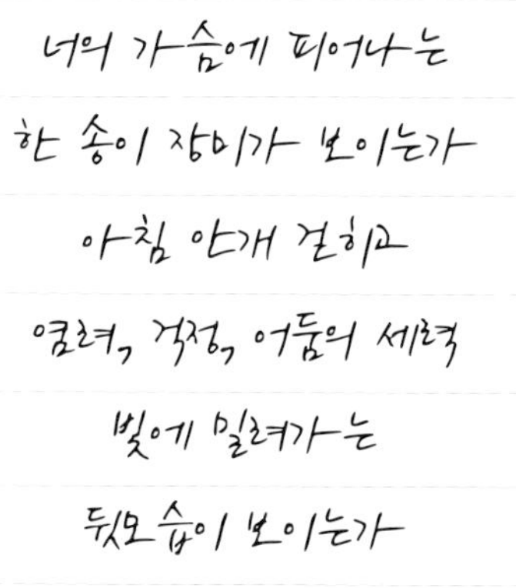
너의 가슴에 피어나는
한 송이 장미가 보이는가
아침 안개 걷히고
염려, 걱정, 어둠의 세력
빛에 밀려가는
뒷모습이 보이는가

LOVE LETTER

노병의
눈물

—

유월의 정열 성숙할 때
나라 위해 몸 바친 전우야
그날의 포성 하늘이 진동하였다

동족상잔의 피 한탄강 붉게 물들였으나
자녀 남편 잃은 여인의 소복은
세월에 밀려 사라졌구나

애국의 맘 달려가
타국 하늘 아래 정글 속 흘린 피
국립묘지 왜소한 돌비석 되었구나

힘의 논리 따라 살아가니
역사의식 묘연해
백의민족 순수함 붉게 변하고
노병은 또 한번 눈물지으며 애태운다

주님의 능력으로 나의 조국 세우소서!

해풍 솔밭에
쪼그리고 울고 있는 마음
위로하는 바다의 울음

오르고 싶은 육지의 끝 붙잡고 칭얼대다
조용히 잠든 바다

그 마음 여인만큼 변덕스럽다 하나
세상을 덮을 만큼 넓은 가슴

솔밭에 쪼그리고 있던
내 마음
활짝 열고 희망을 노래하노라.

헤어짐의
시작

만남은
헤어짐의 시작임을 기억하자

동행하는 동안
소중한 추억 함께 길쌈하고

헤어질 때는
그가 고난, 실패, 아픔의
눈물 흘릴 때를 피하고

행복할 때 다시 만날 날 기대하며
복을 빌고 일어서자

만남보다 신중한 것이 헤어짐이다.

어둠의 터널 빠져 나와

환한 빛 온몸으로 안았어요

미움의 물살을 건너

거룩한 동산에 닿았어요

마음대로 되는 것 하나도 없으나

행복과 미움

나의 소산 아니니

주신 새 생명

사랑의 불꽃으로

온전한 진리 따르겠어요.

꿈

내일의 성공을 꿈꾸는 이들은
오늘의 수고를 즐기며

내일이 없는 이는
수렁에 숨어 쾌락을 즐긴다

오늘의 배움
헌신, 감사, 수고는
내일로 가는 행복의 열매

모두를 복 되게 하는
영원의 약속.

구원자

일렁이는 풍랑 속
낙엽배 탄 개미처럼

생사의 갈림길
아우성치는 인생

두려움에 결박되어
살 소망도 깊은 바다로 빠져드나

아! 여기
구원자 그분의 음성

바람을 붙잡고
풍랑을 잠재운 은혜

평강의 돛
행복의 노 저어 가세.

당신의 맑은 마음
함께 맑고 싶구나

당신의 밝은 마음으로
어둠을 이기고 싶구나

당신의 푸른 마음의 초장은
내 마음의 조용한 안식처

친구야!
맑음을 지키기 위해
주님의 말씀 교훈 삼고

밝음을 지키기 위해
순종의 삶 생명 삼고

푸른 초원 지키기 위해
생명수 물 댄 동산에서
영원을 노래하자꾸나.

호수에 물이 썩지 않도록

폭포를 만들라

사랑도 생각이 멈추면

마음이 고인다

환란과 고난은

마음이 고일까봐 주시는

고마운 선물

춤추는
파도

바람 따라 춤추는 파도

방파제 만나 분수 만들고
철썩이는 노래 따라 갈매기 날리우고

볼 때마다 다정한 벗, 엄마의 품 같아
푸른 가슴 속 보화를 안았구나

금 모래밭 걸어가니
체중에 무너진다

갈매기 발자욱
예쁘게 수놓은 곳
해변의 풍경 정겨워라

자연을 가꾼 님
영혼의 찬미 올려드린다.

무더위를
즐긴다

아이고!
더워 죽겠네

송골송골 돋는 땀
손등으로 훔치고
등골에 흐르는 땀
허리춤에 고여도

살아 있는 증거니
그 자체로 감사하네

무더위 쏟아붓는 하늘
싱긋이 웃으며 바라보며
천국 백성된 것 감사해
무더위를 즐긴다.

소나기
오던
날

—

검은 구름 하늘 가리니
목욕탕 샤워기처럼 쉼 없이 쏟아진다

아스팔트는 물길 되고
지하도는 연못이 되었구나

차창의 와이퍼 쉴 새 없고
비상 라이트는 위험을 알린다

소나기 그치면
하늘 태양 웃고
땅은 평정 찾는다

소나기는 변덕 많은 세상
적응력을 키워주는구나.

산아
산아
청산아

산아 산아, 청산아
청수의 고향인걸 보니
아름답구나

거울같이 맑은 개울가
고기가 춤추고
멱 감는 개구쟁이
티 없이 맑은 표정이구나

개울가 그늘진 곳
돗자리 깔고
자녀를 지켜보는 맑은 눈빛은

사랑의 청산에 비추는
맑은 사랑일레라.

빛
사랑

—

사람 없는 광야에도
태양 비추고
사람 있는 도시에도
태양 비춘다

사막에도 강물 위에도
공평히 비춘다

편견 차별 없이
온 세상 골고루 비추는
저 햇빛처럼
사랑해보자.

채우소서

불신의 마음에 믿음을

미움의 그릇에 사랑을

절망의 환경에 소망을

인생의 주인 주님만이
하실 수 있어요

채우소서

상처와 미움 치유하여 주소서

강퍅한 마음에 부드러움 주소서

어둔 환경 빛으로 인도하여 주소서

사람의 늪에서 십자가 바라보아
평안의 능력 입게 하소서.

바다에
비친
인생

끝없는 바다
은빛 무늬 반짝

하늘의 흰 구름
푸른 바다에 아른

낙엽처럼 미약한 고깃배
보는 이의 마음
애달프다

고해의 바다 위에 버려진 인생
저 작은 배처럼
세상의 무상함에 하늘거린다.

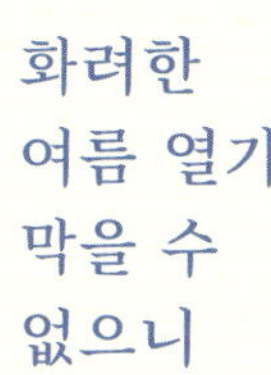

화려한
여름 열기
막을 수
없으니

—

냉가슴 봄 열기로
경직된 눈물 쏟아내니

봄비 맞는 대지
사랑 메아리 토해낼 생명
솔바람 춤추는 때 밀려온다

기쁨 돋아나니 사랑의 계절 열리고
화려한 여름 열기 막을 수 없으니
온몸 흠뻑 맞겠구나

나의 영혼 낙원의 누림 믿으니
계절의 철길 벗어나
영원한 행복 좁은 길
나의 길임을 깨닫는다.

어둠의 터널 빠져 나와

환한 빛 온몸으로 안았어요

행복과 미움

나의 소산 아니니

수신 새 생명

사랑의 불꽃으로

온전한 진리 따르겠어요

말
—

꽃처럼 피어날 사랑
마음의 먹구름이 삼켰군요

깊은 사랑만큼
깊은 미움
독설을 토하니

가슴의 쓴 뿌리
상처로 꿈틀거리지만

보혈로 임한
용서의 단비

사랑의 꽃망울 맺는구나.

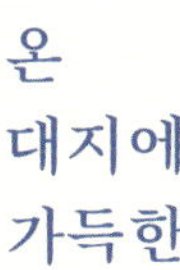

온
대지에
가득한

사랑의 여울에
헤엄치는 생명
사람의 형체로
곱게 빚어져 가는구나

창조의 세계 속
태어난 가정
생육번성의 대업
이루려무나

온 대지 가득한 생명력
만물의 통치자 권위 입고
행복의 둥지 가득
주님의 백성 많이 태어나라.

사랑, 행복, 영원을 향한 러브레터

기쁨, 매일의 날과 삶을 주신 뜻

오늘
한날도
선물로
받았다

—

아침에 눈을 뜬다
오늘 한날도 선물로 받았다

만나는 사람 모두
전능자 주신 선물
사랑과 행복의 날개

소중한 시간
아름다운 만남
주 안에서 느낄 때

서로에 대한 사랑과 배려
삶으로 밀려온다

성숙하자

아가페 사랑으로
내일을 맞이하자

가슴에 행복 드리운다.

좋은 때 만났군요

가시주머니 알밤
대우받는 가을

밤송이 같은 당신아
가슴 열어 알밤 쏟아주려무나

숨은 낙엽 속으로
꼬쟁이 들고 알밤 찾는 아이들
한 때라도 기쁘도록

겉보다 속 매력 알찬
알밤 품은
실속 있는 당신아

이 가을
좋은 열매 맺어보자꾸나!

그 사랑
그 기쁨
감추지
못하여

앞마당 장독대 뒤켠
한 그루 석류나무

아침, 저녁 장독대 오가는
예쁜 새아씨 보아 좋겠구나

붉어진 얼굴 보니
사랑하는 사람을 만났구나

그 사랑 그 기쁨
감추지 못하여

불타는 정열 속으로 태우다
더이상 숨길 수 없어 가슴 여는구나

빠알간 속 드러나니 아름답다
장 내려 온 새아씨의 고운 손
석류알에 닿으니

그동안 외로움이
단번에 행복되는구나.

파란 싹 가냘프더니
여름 지나 열매 대롱대롱
맺어가는구나

처음엔 싹으로 말하나
가을되니 열매로 말하는구나

첫사랑 영원히 간직하도록
사랑의 호수에
온몸 잠그고

모두 보고 느끼고 체험하도록
사랑의 열매 맺으며
행복 누리어라.

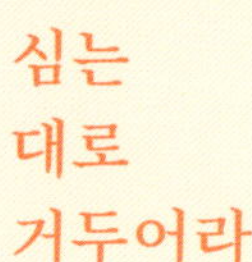

지혜자여
눈물로 씨 뿌림의 수고 견뎌야
풍성한 열매를 얻는 것
전능자의 섭리라
무엇을 심든지 그대로 거두리라
수고를 보상하는
자연의 공의 넘치니
땀 흘림의 수고
즐거워하며 사랑하라
풍성히 거두는 복
온누리에 임하리라!

가자
가자

—

가자 가자
멈춰 설수 없으니 가자

서서 사는 인생도 눕고
앉아 사는 인생도 눕는데
반짝
세상 사는 동안
열심히 뛰자 뛰자

시선은 하늘 향하고
할 수 없는 것 해 보자

가슴 올올이 어루만지는
님의 능력 안에
가자 가자

나의 육
북망산 기슭 한줌의 흙으로
내려 앉는 날까지.

밤송이 같은 당신아

가슴 열어

알밤 쏟아 주려무나

숨은 낙엽 속으로

꼬쟁이 들고 알밤 찾는 아이들

한 때라도 기쁘도록

LOVE LETTER

사랑하나보다

늘 보고싶은 당신

당신의 행복
나의 기쁨되는 걸 보니

내가 당신을
사랑하나보다

당신의 힘듦
나의 마음에 근심이 되니

내가 당신을
아끼나보다

당신의 아픔으로
나의 마음이 측은하고 아픈 걸 보니

내가 당신을
진정으로
사랑하나보다.

만족은
충만한 마음에서

행복은
사랑에서 느낀다

감사는
복된 환경을 만들고

소망은
고난을 이기게 한다

낙엽처럼 바람 나래 타고
정처 없이 가는 인생

삶의 언저리에
풀잎처럼 돋아나는
영생의 소망

님께서 나리우신 선물.

때가
있지

—

버려야 할 때
가져야 할 때를 돌아보니

산 위에서
오르던 길을 보는 듯 감회롭다

더 빨리 올라올 수 있었는데
계곡을 헤매지 않아도 되었을 텐데

그러나
고통 자체가
인생임을 알았다

범사에 감사하면
더 좋을 때를
만들 수 있으리니

진리 안에서 감사의 맘 품고
조용히 걸어본다.

꿈은
삶의 방향에 의미를 더하고
현실을 이기는 능력

꿈을 가진 그대여
거룩한 꿈을 품자

사랑과 섬김 열매 맺고
만족과 감사 넘쳐
낙원까지 이르는 거룩한 꿈

영원한 누림을 위해
십자가 지어보자

여호와 힘입고
현실을 초월해 승리하는

거룩한 꿈
몸과 영혼에 품어보자.

가을의
산

숲은 안개 안고
태양 하늘빛 내리우고
빨간 단풍은 뿌리 곁으로
조용히 내려앉는구나

색색의 옷 고와라!

자연의 숨결에
세속의 눈 살며시 닫으니
감성의 문 열리는구나

코 끝에 묻어나는 솔내음
낙엽 사이 묻힌 송이버섯
자연의 싱그러운 향
미식가의 구미 돋운다

아! 아름다운 조화

능하신 님의 작품이구나.

여보게
남은 날 무얼 할 것인가
인생은 늙어 가는 것이 아니라
감처럼 익어 가는 것이지
선악을 녹일 용광로 가슴으로
도전하길 바라네

기쁨
밀려오니

—

깊은 샘 생수
기쁨 밀려오니
찡그린 날씨도 평안하고 믿음직스러워

이는 필경
사랑의 역사

눈 살며시 감으면
보이는 저 아름다운 세상

구름타고 오실 님
사랑의 편지 받고
죽순처럼 뾰족이 내미는 영혼의 만족
시온의 대로
달려왔나봐요.

진리의
안약

—

만남이
행복의 씨 되도록
빛 속에 거하고
동행이
사랑노래 되도록
좁은 길 걸어요

만남이 부담되고
동행이 고통되게 하는
어둠의 만남 없도록
현재를 만든 과거를 보아요

미래에 누릴 저 천국을
진리의 안약 넣어 바로 보고
감사하며 걸어가요.

때마다 속삭이는 사랑

행복하라
사랑하라
영원하라
건강해라

미운 사람 보면서 괴로워 말고
평안하게
오래 살아가라

건강하게 오래 살면 승리는 너의 것

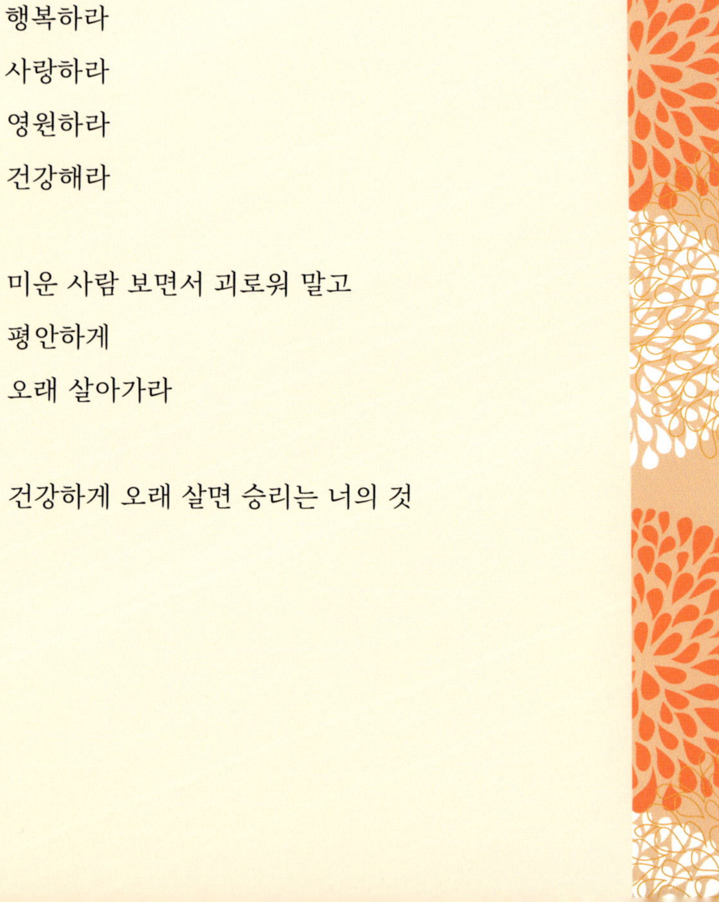

창조주의 형상된 너야
희망을 품으라

자존감 세우고
사랑을 노래하라

사랑의 가슴 석류알처럼
사랑의 편지로 터져 나온다.

자유하다

가노라 세월,
청춘이 가는구나
친구도 마음의 고향도 점점 멀어지는구나

조용히 마음 추스르며 떠남 준비하니
인생의 허무함
아귀다툼하던 세월 어리석다 꾸중한다

놓아라
비워라
놓아야 자유하고
비워야 평안하다

일용할 양식에 자족하고
주고 나누어 영원한 하늘 복 채워보자.

불씨
하나
꺼내어
던져버리니

—

사랑의 불씨가
살며시 일어난다

거짓과 불신에 사로잡혀
괴로워하던 마음

몇 번이나 마음 주려 해도
불신의 담에 막혀
좀처럼 용기를 낼 수 없던

신뢰하지 못할 지난날의 일
하나 하나
꺼내어 던져 버리니
평안하다.

—

세월 바람 산 넘어
머리에 벚꽃 피우려 다정히 속삭인다

여보게
남은 날 무얼 할 것인가

인생은 늙어 가는 것이 아니라
감처럼 익어 가는 것이지

선악을 녹일 용광로 가슴으로
도전하길 바라네.

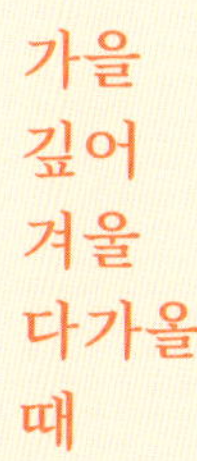

푸른 잎 낙하하니
감나무 열매
하늘 주렁주렁
가을 깊어 겨울 다가온다

푸른 들녘 채소 뽑아
김장 김치 담궈
겨울 푸근함 가득가득

만족 채우며
수고의 대가 이상
풍성한 열매 주심 고마워
감사의 맘 속속들이 바친다.

난 잃었으나
님은 알고 계셨고
난 당당해하나
님은 환한 길 열어
별빛 비추신다

LOVE LETTER

무엇
감사할까요

—

열매를 위해
햇빛 주고
물 주어
밤낮 덮어

봄부터 가을 어지간히 기다려 주셨어요

사랑하는 아들 보내어
영혼 구하셨어요

한 해 동안
보호의 은혜
무엇 무엇 감사 할까요

생명과 마음 드려
순종하여
좋은 환경 드릴래요

낙엽은 떨어지나
열매는 곳간 향하니

시와 찬미로
거룩한 님 소망하며
사랑 노래 가득 채울래요.

계절의 물레는 쉼없이 돌아간다

엄동설한 견딘 나무
봄 햇빛 희망 안고
꽃송이 아름 안고
파란싹 틔운다

여름의 왕성한 성장
바람결에 춤추는구나

가을 햇살
사과가 익어가고
낙엽은 떠날 준비한다

가을 바람에 하늘 나는 낙엽

나무들 겨울 맞도록
뿌리에 이불 덮어주고
몸 썩이는 사랑 임하는구나

저 산악의 푸르름은
낙엽의 희생
메아리로구나.

새롭게
하소서

—

산 넘어 산길 따라 첩첩산중 내 고향

들 건너 들길 따라 평안의 황금들녘

푸른 바다 망망대해 갈매기 나는 어촌

간 곳마다 그 자태 매력이 넘치는데

어쩌자고 님 닮은 인생은 어둠으로만 가는고

님이여 !

빛의 자녀답게 새롭게 해 주소서.

내 마음 엉킨 실타래
처음을 찾을 길 없어
조용히 주님 앞에 선다

난 잃었으나
님은 알고 계셨고

난 답답해하나
님은 환한 길 열어
별빛 비추신다

나 혼자는 울고 싶으나
주님과 함께라면 웃을 수 있고
사랑노래 부를 여유 있으니
고난 속 행복, 참 복이어라.

억새풀의
몸짓

—

가을 지나 겨울의 문턱, 스산한 바람결
하얀 억새풀의 몸짓을 보라

강바닥 깊이 뿌리 내린 억새풀

생명을 토해내며
봄 여름의 아름다움 보내고
겨울 들녘 허전함 느끼나

봄바람 기다리며
또 한 번 승리를 꿈꾸는 억새풀

아! 인생의 희로애락 너머
석양의 노을빛 화려한 동산 올라

길 진리 생명 그분의 품에서
오늘도 사랑 호흡으로
행복을 노래하는 억새풀이 되기를.

문득
인생은 무엇인가

수없이 많은 사람
만나고 헤어지고
떠나면 잊혀지나

다시 만나면
사랑스러운 얼굴

이 아름다운 인연
기쁜 일 아닌가

인생의 행복은
만남에서 피어나니

주어진 시간 속에서
모든 이들

멈추지 않고 서로 사랑하기를
멈추지 않고 서로 기도하기를.

사랑, 행복, 영원을 향한 러브레터

사랑, 내 사랑 담대하여라

겨울나무의
노래

—

찬바람 숲속 가슴 배어들 때
밭 기슭 감나무의 노래를 듣습니다

난 꿈이 있어요
난 행복해요

봄은 나무뿌리 베고 흙 속에 잠들고
여름은 낙엽 안고 바람 날개 달고 날아가나
가을은 열매 속 둥지 틀고 곳간에 안식해요

찬바람 윙 소리
칼바람 시리고 아파도
나의 꿈 나의 행복 빼앗을 수 없음은
잠 깨고 맞이할 봄의 소망 있어

겨울의 고통 깊어질수록
감사의 노래 더 크게 불러봅니다.

당신의 행복이

밑 빠진 독이라 해도

당신을 만족케

할 수 없다 해도

내 마음에

당신을 조용히 품고

주님이 주신

평안을 함께 나누면서

사랑해요.

어디에
꽃
피었나요

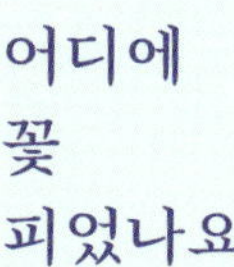

눈에 핀 사랑의 꽃 시들기 쉽고
입술에 핀 사랑의 꽃 변질되기 쉬우나

가슴에 핀 사랑의 꽃
시들지 않고
십자가에 핀 사랑의 꽃
영원불변하지요

주님의 은혜로 맺어진 만남
사랑 돌봄 진리 가슴에 사랑 꽃 되니

당신과 함께
행복 꽃 피우겠어요.

난
겨울이
좋아

—

난 겨울이 좋아
찬바람에 더욱 푸르른 큰 손
설렁설렁 흔들며
행복해하는 너 때문에

눈 내리면 하얀 옷 걸치고
든든히 서서 행복해하는 너 때문에

난 겨울이 되면
하늘 태양 마음껏
받을 수 있어 행복해

낙엽 진 겨울
한 그루 상록수 되어
행복한 노래 불러보았다.

사랑이
필요한
계절

—

초겨울 바람
문틈으로 숨어들면

장롱 잠재운 옷
함께 동행하고

겨울이 깊어지면
겹겹이 옷 감고

따뜻한 맘, 사랑이
필요한 계절이구나.

눈이
부시다

—

아름다운 당신
진리의 너울 눈이 부신다

만나면 즐겁고 헤어지면 아쉬워
만남의 기대 담아
사랑의 여울에 종이배 띄운다

솔바람에 일어나는 사랑의 정
환한 얼굴에 빛 발한다

사랑하는 당신
가슴 열고 미소 지으며
님이 뿌린 낙엽 밟으며
영원을 노래하자꾸나.

정
먹고
살던
때
—

가물가물 지난날 추억 부스스 깨니

찔레 송구 깎아 먹고 넘어간 보릿고개
가난인 줄 모르고

힘들고 외로운 삶
고생인 줄 모르고 앞만 보고 살았어요

그땐 행복인 줄 몰랐지만

모두가 함께 먹기 위해
일찍 일어나
나무 짐 지고 소 먹이던
정 먹고 살던 때 그리워요.

LOVE LETTER

푸른 들녘 채소 뽑아

감장 김치 담그니

겨울 푸른함 가득가득

만족 채우며

수고의 댓가 이상

풍성한 열매 주심 고마워

감사의 맘 속속들이 바친다

사랑이
무엇인지
알았어요

—

사랑이 무엇인지 알았어요

당신이 나를 버려도,
당신이 나를 떠나도,
사랑의 메아리가 없어도 그냥 당신이 좋아요

받는 것보다 주는 사랑이
가슴에 기쁨의 샘 만들어요

당신이 나의 검은 눈동자를 가득 메울 때면
조물주의 신비한 작품에 넋 잃어요

밤새 쫓기던 바람
후미진 곳 소복이 모인 낙엽들과
소곤소곤 말할 때면
참사랑이 아닌
받고 싶은 욕심 꿈틀대고

검은 대륙 슬픔의 노래 흐르니
애달프다 소리치며 낙엽처럼 떠나는 당신

당신의 행복을 빌고 또 빌었어요
사랑이 온몸을 핑크빛으로 휘감아요.

물어보아요

하나님
나의 고통 돌아보실까요
나의 기도 들으실까요
나에게 복을 주실까요

쓸데없고 어리석은 욕심
고뇌의 파도 속에서 벗어나

나 위한 십자가 사랑
기억할래요

주님의 약속 안에서
그 나라와 의 위해 간구하는 나에게

주님이 예비하신
천상의 복
무엇인지 아느냐고 물어보아요.

고백

—

내가 약해도 당신은 강했습니다

내가 흔들릴 때도
당신은 든든히 잡아주었습니다

내가 잘 때도
당신은 졸지도 주무시지도 않고
사랑을 지켜주었습니다

항상 큰 사랑으로 용서하시고
풀잎처럼 약한 나를 아시고
좌절할 때마다 굳게 잡아주었습니다

당신을 생각할 때마다 감사의 눈물 흘립니다
당신은 나의 생명과 능력입니다.

하늘을
날으라

—

복된 자여
일어나 걸어라
입을 열고 찬양하며
꿈을 가지고 하늘을 날으라

누가 너의 맘에 불안 염려 심었는가

인생길 물처럼 덧없다 하느냐
돌개천 폭포길
누가 고생과 아픔이라 하느냐

정결과 노래있는
행복한 길에 서서
반석 틈 솟아난 생수를 마시어라!

자족하며
노래하노라

앙상한 가지 눈꽃 단장
찬바람에 하얀 리본 달리고
산새 날갯짓에 눈꽃 날린다

잔뜩 웅크린 길손
하얀 천 사뿐히 밟고 종종걸음
살얼음길 거북처럼 엉금거린다

여름 득세하던 해충도
강추위로 동사凍死하니

과수원지기 왈,
올해 과일 농사 풍년이란다

범사
모두 유익하니

추위도 더위도
감사의 맘 담고
자족하며 노래하노라.

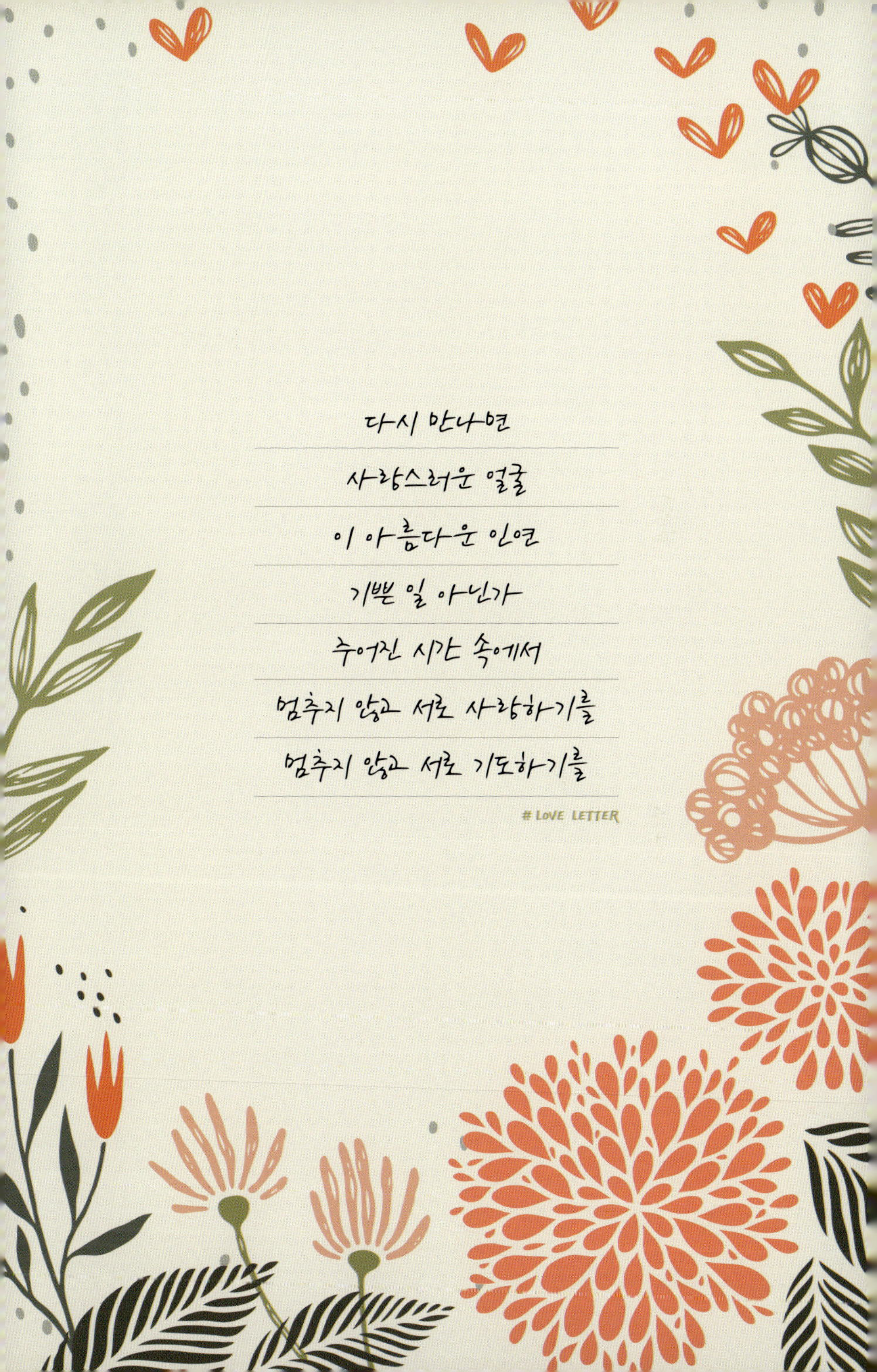

다시 만나면
사랑스러운 얼굴
이 아름다운 인연
기쁜 일 아닌가
주어진 시간 속에서
멈추지 않고 서로 사랑하기를
멈추지 않고 서로 기도하기를
LOVE LETTER

고목에
핀
새싹

고난의 나무에 기쁨의 열매 맺히니
영광과 영원의 행복 꽃 만발하네요

고목의 상처 보는 눈 닫고
고목에 붙어 있는 새싹 볼래요

안된다는 말 대신
할 수 있다 생각할래요

긍정의 삶으로
사랑 꽃 피울래요.

새벽
바다

—

바다 끝 구름 산 넘어
낮이 태양의 얼굴로 부스스 일어난다

갈매기 날갯짓은 행복을 노래하고
밤새 고기 잡던 배들은 아낙의 품에 고기 안기려
불 꺼진 등대 사이 포구로 밀려온다

새벽 바다
행복한 만남을 만드는 곳

대자연의 아름다운 일출
보고 느낄 수 있는 눈과 마음은 님의 선물.

죽어가며
살아가며

—

풀이 죽은 한 사람
의사가 암이래요
수술해야 한대요
어느 병원이 좋을까요

수술을 마친 사람
수술을 마쳤어요
항암치료 해야한대요
죽을 것 같이 아파요
안하면 안될까요

아이들처럼 칭얼대는 이들을 보면서
목회한지 사십일년

죽어가며 살아가는 신령한 가족들
흔적없이 떠나는 인생길

조물주의 은혜 입고
찬송하고 가는 자
입가에 맺히던 미소

그 영혼
낙원의 광경
본 듯 하구나.

관점

사랑하니 울고
미워해서 웃고

울고 웃는 것은
보고 느끼는
방향 탓이구나

물이 반 병뿐이네
물이 반 병이나 남았네!

당신 생각엔
누가 더 행복해 보이는가.

해가
일어나면

—

어제는 해와 함께 잠들었는데
오늘은 해보다 먼저 일어났다

해가 산 넘어
어둠의 이불을 살며시 걷고 일어나자
안개도 일어나 먼 산 가리운다

어둠도 안개도 해가 일어나니
잠들어 때를 기다린다

자연도 자고 쉬며 세월 보내니
그 안에서 호흡하는 나도
함께 살아가고 흘러가며
영원을 함께 하겠구나.

동녘에
힘차게
일어나는

—

동녘에 힘차게 일어나는 너
다정히 바라볼 수 있어 행복하다

중천에 빛 내리쬐면
이글대는 얼굴 피해 그늘로 숨는다

서산으로 넘어가면
뒷모습 구름 사이로 흘러 아름답구나

빛과 노을
어둔 밤 지나 다시 오겠다는 사랑의 증표

검은 밤에도 빛사랑의 맘 품어본다.

저
별빛
사랑스럽다

—

하늘의 별 움직이는 밤하늘 그리워라
동방박사 인도하는 저 별빛 사랑스럽다

하늘 위에 수놓은 별 흐르는 빛 희망 솟아
베들레헴 가는 발길 빛을 뿌려 밝히운다

천사 찬송 메아리가 말구유에 들려온다
고요한 밤 거룩한 밤 아기 예수 나셨도다

구주오심 찬송하자 환영하고 복 받으라.

LOVE LETTER

난 겨울이 좋아

찬바람에 더욱 푸르른 큰 솔

설렁설렁 흔들어

행복해하는 너 때문에

눈 내리면 하얀 옷 걸치고

든든히 서서 행복해하는

너 때문에

—

계절의 물레를 돌리며
흘러가는 세월

하얀 눈꽃 뿌리는 겨울이 왔다

한 장의 카렌다 외로우나
성탄의 불빛 어둠을 밝힌다

매서운 찬바람 옷깃에 스며들고
가는 해보다
오는 새해
희망을 품으니

십자가 불빛
온 몸을 훈훈히 덥힐 때
아기 예수 탄생을 알리는 새벽송

천사의 찬양
성탄을 기다린다.

새날을
기다리라

—

뿌연 하늘 흰 눈 춤추듯 내려
나뭇가지 위에 눈꽃 피우니
산새의 날개바람에도 눈꽃이 진다

동녘 해님 방긋 웃을 때
흔적 없이 눈물 흘리며 떠나는 길
겨울나무의 갈한 목 축여주며 말하길

나무야 나무야

태고의 세월에도
초연히 지내는 저 바위 보며
오고 가는 길손의 눈길 갈구하지 말고

눈비 많은 날도
사랑의 그릇에 행복 소복이 담고
새날을 기다리라.

봄이
올
것이다

—

설산 눈물 흘리면
돌개천 노래하고 산천어 헤엄치고
봄꽃들 합창한다

봄이 올 것이다
때를 놓치지 말고
멋진 모양 화려함 뽐내보자

여름 오면 떠날 걸
잠시 있다 없어질 걸
내일로 , 다음에, 미루지 말자

때를 잡고
주어진 사명 감당하며
의미 있게 살아보자.

해빙의
그날

—

가을 지나 겨울 오면
봄 그리움 가슴 안고
씨앗 품고 꿈꾸리라

해빙의 그날 오면
냉이 캐는 흙 향기 맡으며
땅 일구어 씨 묻고

여름 태양 사랑의 숨결 느끼며
가을 들녘 맞이하리라

심을 때와 추수 때를 아는 이여

십자가 고난 후 부활 만드신
전능자 은혜 입었구나.

베들레헴 말구유
큰 사랑이 임했습니다

하나님 사랑의 본심대로
아들을 제단에 바치우고
천군 천사 보내 찬양을
목자 보내 위로를
동방박사 보내 황금 유향 몰약을

위대하고 소중한 구주
나에게 구원의 길

고요한 밤 거룩한 밤
흑암에 앉은 백성들
빛을 보고 행복을 노래합니다.

시작

—

한 장의 캘린더 떼어내고
열두 장 걸었습니다

꿈결같은 세월 지나며
한 해 한 걸음 더 나아가니
미래의 행복 징검다리 조용히 걷습니다

사사로운 일보다 큰 일
바쁜 일 보다 중요한 일 하렵니다

한 해 지날 때 후회 없도록
많은 일 보다 바른 일 하렵니다

두툼한 달력만큼 많은 계획들
전능자의 능력과 권세로 이루렵니다.

오늘의
은혜

—

오늘도 눈을 떴구나

내 날이 아닌 날이 내 날 되었고
내가 알지 못하는 세상에서 깨어났구나

분초의 지키심 없다면
심장의 박동 벌써 멈추고
육체는 흙으로 갔을텐데

매일의 날과 삶을 주신 뜻
'행복하라'

오늘도 내 인생 어떻게 단장할꼬

오호라! 자고 깨고 하다가
영원한 부름받는 날

그날이
낙원의 누림 시작되는 날이겠구나.

러브레터

지은이 권태진
초판발행 2019년 10월 15일

등록번호 제 2003-6호
등록된 곳 경기도 군포시 군포로 487, 402호
발행처 성빛출판사
전화 031-397-6754   **팩스** 031-397-9241
이메일 sungbitbooks@gmail.com
홈페이지 www.sungbit.com

ISBN   978-89-87187-35-8 (03810)